D1099253

Les Editions La Joie de lire sont au bénéfice d'une bourse d'aide
à une maison d'édition du Département de la culture de la Ville de Genève
pour les années 2009 et 2010.

Ouvrage publié avec le concours
de la Fondation Néerlandaise pour la Littérature,
la Fondation Mondriaan et le Fonds flamand des Lettres.

Kaat Vrancken

Cheffie serre les dents

Traduit du néerlandais par Maurice Lomré

—

Illustrations de Martijn van der Linden

LA JOIE DE LIRE

TOUT EST DIFFÉRENT

Tout est calme dans la voiture. Les teckels n'aboient pas.

Cheffie, le plus vieux d'entre eux, se tient dressé sur le siège arrière. Il presse son museau contre la vitre.

Pouf, qui dort tout le temps, est couché à l'avant. Il ronfle.

Et Boogie ? Il bondit sans arrêt et fait des allers-retours entre le siège et la plage arrière. C'est le plus jeune des trois. C'est aussi le plus excité.

Il faut dire qu'aujourd'hui rien ne se déroule comme d'habitude. Les événements ont une odeur particulière.

La maman d'Emma est assise au volant. Emma n'est pas là. Elle est restée à la maison avec Berger.

Le panier des teckels se trouve dans la voiture. Les écuelles et les laisses sont rangées dans un sac en plastique. Cotcot, le doudou, pendouille hors du sac.

Boogie regarde Cheffie d'un air nerveux.

– Que se passe-t-il ? pleurniche-t-il. Où sont Emma et Berger ? Pourquoi notre panier est-il dans la voiture ? Où allons-nous ?

– Berger est resté à la maison auprès d'Emma, soupire Cheffie. Il l'aide à voir. Tu sais bien qu'elle est aveugle.

– Mais pourquoi ne sont-ils pas avec nous ? gémit Boogie.

– Il n'y a de toute façon plus de place dans la voiture, répond Cheffie. Sa queue pointe comme une antenne. On dirait qu'elle essaye de deviner ce qui va arriver.

Cheffie est inquiet. Mais il ne le montre pas. Il joue au fort. Après tout, c'est lui le plus vieux, le plus intelligent et le plus beau.

— Qu'allons-nous faire ? demande Boogie.

— Je ne sais pas, grogne Cheffie.

Pouf entrouvre un œil.

— Moins de bruit, dit-il. Je n'arrive pas à dormir.

— C'est tout ce qui t'intéresse, marmonne Cheffie.

— Et manger, ajoute Pouf. Ça aussi, c'est important.

— Non mais, soupire Cheffie.

Boogie bondit de nouveau sur la plage arrière.

— Tu sais où on va, Pouf ? demande-t-il.

— Ça m'est égal, dit celui-ci en bâillant. On verra bien.

— Voilà qui est passionnant, ricane Boogie.

Cheffie regarde dehors. Le voyage est long. Trop long. Les arbres et les maisons défilent.

— Cheffie, est-ce que tu sais où on va ? gémit Boogie. C'est toi le plus intelligent, non ? Et puis tu sais toujours tout, non ?

La queue de Cheffie se met à trembler.

— Une chose est sûre : on ne va pas faire une promenade. Et maintenant tais-toi.

SHEBA

Cheffie éternue quand la maman d'Emma ouvre la porte de la voiture. Différents effluves lui montent à la tête.

Il pointe le museau. Il reconnaît l'odeur… de chiens… de mâles… de femelles… et… d'un humain.

Cheffie hésite. Est-ce un humain qui sent le chien ou un chien qui sent l'humain ? Est-ce le parfum d'une femme avec des chiens ou d'un toutou accompagné d'humains ?

Il tourne la tête dans toutes les directions. Comme s'il cherchait d'où vient le vent.

Pouf pointe à son tour le museau. De même que Boogie. Tous deux bougent la tête en imitant Cheffie.

– Reniflez ! s'écrie celui-ci. Allez !

Cheffie s'élance vers le portail d'une maison entourée d'un grand jardin.

Une femme vient ouvrir. Elle serre la main de la maman d'Emma.

– C'est comme ça que les humains se saluent, explique Cheffie à Boogie.

La femme parle avec la maman d'Emma sans prêter attention aux teckels.

Pouf renifle ses orteils, Boogie roule sur le dos, et Cheffie tourne autour d'elle.

Les narines de Cheffie distinguent un parfum de femme puis toute une série d'odeurs de chiens. Ouah, ouah, ouah !

– Tout va bien, s'exclame Cheffie. Il n'y a pas de danger.

La femme est petite et a de longs cheveux gris qui pendent librement dans son dos.

– Elle a la coiffure d'un lévrier afghan, le museau d'un carlin et les yeux d'un setter anglais, grogne Cheffie.

– Et le corps d'un bouledogue, ajoute Pouf.

– Nous l'appellerons la Femme-aux-chiens, dit Cheffie.

Il agite la queue. Il ne peut pas s'en empêcher.

La Femme-aux-chiens s'accroupit devant lui.

– C'est donc toi, Cheffie.

Cheffie lèche sa main. Elle l'appelle par son nom. Comme Emma.

Il trouve l'odeur de la Femme-aux-chiens irrésistible.

– Tu es mignon, dit-elle.

Cheffie jappe de fierté.

– Bonjour, toi… dit la Femme-aux-chiens en tendant la main vers Pouf. Quelle adorable petite boule.

Pouf s'éloigne d'elle en rampant et va faire quelques gouttes de pipi. Il est ensorcelé.

– Et enfin voici… ? demande la Femme-aux-chiens.

– Boogie, répond la maman d'Emma. C'est le plus jeune des trois.

Boogie reste couché sur le dos et tapote la main de la Femme-aux-chiens avec ses pattes. Sa gueule est à demi ouverte, comme s'il riait.

– Espèce de petit sot, dit la Femme-aux-chiens en caressant le ventre de Boogie.

Les narines de Cheffie frémissent. Au moins cinq autres chiens pleurnichent de l'autre côté du portail. Ils dansent, bondissent et glapissent un chant de bienvenue.

– Quelle agitation, soupire Pouf.

– C'est super, jappe Boogie.

– Qu'est-ce qu'on fait ici ? grogne Cheffie. Je préfère encore la compagnie des chats.

Les narines de Cheffie s'ouvrent et se dilatent. L'odeur d'une femelle dominante titille son odorat. Ouah, ouah, ouah ! Son museau pointe droit vers un grand caniche rose.

Sheba ne danse pas et elle ne glapit pas avec les autres

12

chiens. Elle est assise d'un air majestueux et attend l'arrivée des teckels.

Elle est la préférée de la Femme-aux-chiens. C'est elle la reine. Cheffie en est certain. Il le sent.

Boogie veut saluer Sheba et il bondit vers elle d'un air joyeux. Mais elle montre les dents.

Boogie recule aussitôt.

– Pourquoi est-ce que je ne peux pas lui renifler le derrière ? demande-t-il.

– Pauvre idiot, dit Cheffie. Tu vois quand même que c'est elle qui dirige ici. Regarde sa queue. Observe ses oreilles et sa gueule. C'est pourtant clair.

– Mais je pensais…

– Ne pense pas. Fais ce que je te dis. Sinon, tu ne survivras pas ici.

Pouf ne participe pas aux présentations. Il préfère fureter. Il espère trouver quelque chose à se mettre sous la dent. Il arrose le portail, le mur et le pommier. Ça suffit pour l'instant.

Et Cheffie dans tout ça ? Il salue Sheba comme il se doit. En faisant preuve de soumission. Ses oreilles sont aplaties vers l'arrière et sa queue pendouille.

Il se couche même sur le dos. C'est la première fois qu'il fait ça devant un autre chien.

– Fais comme moi ! s'exclame Cheffie en s'adressant à Boogie, qui l'imite aussitôt.

Sheba s'approche. Elle se penche vers Cheffie et renifle son arrière-train.

Elle fait la même chose avec Boogie. Puis elle fait demi-tour et s'éloigne.

C'est maintenant au tour des autres chiens.

Jack, un terrier, renifle le museau de Boogie.

– Est-ce que tu te laves souvent les bouboules ? demande-t-il à Boogie.

— Tais-toi, Jack, dit Jo, un cocker, en posant la patte sur le dos de Boogie. Ce teckel vient d'arriver. Tu vas l'effrayer.

Rita, une dalmatienne, présente son derrière à Boogie.

— Joli, pouffe celui-ci.

Jack renifle l'oreille gauche de Boogie.

— Moi, je me les lave quatre à cinq fois par jour, chuchote Jack. Et plus souvent encore le week-end.

Cheffie plante ses yeux dans ceux de Rambo.

C'est un doberman noir qui aime se battre. Ça se sent.

Rambo se penche vers l'avant. Son regard va de Cheffie à Boogie.

— Vous êtes des rats ou des chiens ? ricane-t-il.

Il soulève sa lèvre supérieure et laisse voir ses dents.

Cheffie fixe Rambo. Son poil se dresse sur son dos. Ses oreilles sont dirigées vers l'avant. Cheffie fronce le front. Il est prêt à passer à l'attaque.

Soudain, Pouf surgit et se glisse entre Cheffie et Rambo.

– Où est-ce que je pourrais m'installer pour faire un petit somme ? demande-t-il en bâillant.

Les odeurs de Rambo et de Pouf se mélangent. Cheffie respire profondément. Il se calme bientôt.

Quant à Rambo, il n'y comprend plus rien. Il regarde Pouf. Est-ce un autre rat sur pattes ? Un troisième hot-dog ?

La mère d'Emma sort le panier de la voiture et se dirige vers une annexe.

Les teckels la suivent.

– Tout ça n'annonce rien de bon, grogne Cheffie.

– Peut-être pourrons-nous loger ici, dit Boogie.

– Pourrons-nous ? Tu veux dire : devrons-nous, grogne Cheffie.

Il éprouve un sentiment bizarre. Sa queue retombe mollement. Mais il reprend aussitôt courage. Un teckel ne craint jamais rien !

Au moins une dizaine de cages sont alignées dans le dortoir. La Femme-aux-chiens pose le panier avec leur coussin dans une cage.

– Je vais enfin pouvoir faire un petit somme ! dit Pouf.

– Tu es fou, grogne Cheffie. On ne va pas rester ici.

Mais il sait que ce n'est pas vrai.

Son regard passe de Pouf à Boogie.

– On ne va pas s'amuser ici. Vous le voyez bien ! On ne pourra rien saccager, on ne pourra pas sauter sur le canapé, ni faire pipi contre les pots de fleurs.

– Mais on pourra dormir, dit Pouf en faisant déjà ses griffes sur le coussin.

– Je trouve ça super ! dit Boogie en jappant. De plus, les autres chiens sont cool.

– Quoi ! s'exclame Cheffie. Un teckel doit se révolter. Vous devez grogner, mordre et vous battre comme des pitbulls.

Plein d'espoir, Cheffie regarde Pouf et Boogie.

– Ce sera sûrement super ici, dit Boogie en agitant la queue.

– On mangera comme des rois, dit Pouf.

Il pose sa tête sur ses pattes avant et ferme les yeux.

De toute sa vie, Cheffie ne s'est encore jamais senti aussi mal.

COTCOT

— Et alors, les garçons. Est-ce que vous vous sentez déjà un peu chez vous ?

La maman d'Emma s'approche pour caresser Cheffie, Pouf et Boogie. Elle est sur le point de partir. Ça se sent.

— Elle va s'en aller, dit Cheffie en soufflant. Elle va nous abandonner ici. Retenez-la !

Cheffie se couche sur les pieds de la maman d'Emma. Elle se penche, l'attrape et le soulève.

— Vous êtes sourds ou quoi ! s'exclame Cheffie depuis là-haut. En avant, chiffes molles ! Sautez !

Mais Pouf et Boogie ne font rien pour retenir la maman d'Emma.

Pouf lèche ses orteils. Et Boogie roule sur le dos.

Une dernière caresse et la maman d'Emma sera partie. Pour rejoindre Emma.

Cheffie se précipite derrière elle. Il essaie de sortir de la pièce en se faufilant entre ses jambes.

Mais ça ne réussit pas.

Boum ! La porte du dortoir se referme devant son museau.

Cheffie n'arrive pas à y croire. Les teckels se retrouvent enfermés. Dans un environnement inconnu. En compagnie de chiens inconnus et chez une femme inconnue.

La maman d'Emma les a abandonnés ici. Rien n'est plus comme avant. Tout est différent.

Cheffie est désemparé. Il a envie de hurler comme un loup. Mais il n'ose pas. Il doit se montrer courageux.

Pouf se redresse soudain d'un bond.

– Cotcot ! s'écrie-t-il. J'ai oublié Cotcot !

– Espèce d'idiot, marmonne Cheffie. Hurlez ! Allez-y !

Cheffie hurle à cause de Cotcot. Mais il hurle surtout en pensant à Emma et à sa maman. Et aussi à Berger.

Pouf l'imite, bientôt suivi par Boogie.

On dirait trois petits loups alignés en train de gémir. Têtes levées et museaux en l'air.

Ils hurlent parce qu'ils n'ont pas le choix. Parce que tout est différent.

Soudain, la porte s'ouvre. La Femme-aux-chiens entre dans la pièce. Elle tient Cotcot dans une main. Deux pattes pendouillent dans le vide.

– Ça a marché ! s'exclame Cheffie.

La plainte se transforme en un cri de joie. Les trois loups redeviennent des teckels.

– Du calme, les garçons, dit la Femme-aux-chiens d'une voix douce.

Elle dépose Cotcot entre les pattes avant de Pouf. Celui-ci renifle aussitôt son doudou.

Cheffie s'approche. Il reconnaît l'odeur de la Femme-aux-chiens… mais aussi… celle de Berger… celle de la maman d'Emma… et celle d'Emma.

Cheffie soupire. Mais il se ressaisit.

– Et si on sortait faire un tour ? propose-t-il.

La porte est restée entrouverte. Cheffie n'aime pas l'odeur de Rambo. Mais ce n'est pas un doberman qui va effrayer un teckel !

Cheffie s'avance vers la porte, le museau collé au sol. Boogie le suit. Quant à Pouf, il reste allongé sur son coussin.

Cheffie se retourne.

– Tu ne vas quand même pas rester couché toute la matinée ! s'exclame-t-il.

Pouf ferme les yeux.

– Je vous accompagne si je peux emmener Cotcot.

– Espèce d'andouille ! s'écrie Cheffie. Tu fais honte à notre race.

Mais Pouf s'en fiche. Il sort en emportant Cotcot avec lui.

Jack et Jo se jettent aussitôt sur le doudou.

Pouf ne comprend rien à tout cet intérêt pour Cotcot.

– Il a une drôle d'odeur, dit Jack en soufflant.

– On pourrait jouer à celui-qui-tire-le-plus-fort, glapit Jo. Ces longues pattes doivent bien tenir dans la gueule.

– Bonne idée, s'exclame Jack en saisissant la patte gauche de Cotcot.

La patte droite est pour Jo.

Celui qui gardera la patte dans sa gueule le

plus longtemps l'emportera.

Mais voici Sheba. Elle surgit devant Jack et Jo. Elle se tient droite, la tête haute. Ses oreilles sont dressées et sa queue est tendue.

Sheba plante ses yeux dans ceux de Jo. Celui-ci bat en retraite.

Jack, lui, ne se fait pas prier. Il rejoint aussitôt Jo, la queue entre les pattes.

Cotcot appartient à Sheba. En tout cas pour l'instant.

Pouf fixe Sheba sans ciller.

Cheffie et Boogie se tiennent à ses côtés. Immobiles. Ils sont tous les trois prêts à attaquer.

– Pfft, fait Sheba. Trois saucisses qui se prennent pour des loups.

Elle renifle Cotcot. Puis elle le pousse avec son museau.

– Du toc, aboie-t-elle. Ça ressemble à du poulet mais c'est tout.

Elle tourne le dos aux teckels et s'éloigne à pas lents.

Rambo l'attend un peu plus loin.

Pouf se précipite vers Cotcot. Il récupère son doudou.

– J'aurais mieux fait de rester dans mon panier, se plaint-il auprès de Cheffie. Cette chienne autoritaire a voulu prendre Cotcot.

– Tu perds la tête, dit Cheffie. Ton doudou n'a aucune valeur pour elle.

– Que d'émotions, soupire Pouf. Je vais enfin pouvoir piquer un petit somme.

Tandis qu'il se dirige vers le dortoir, Sheba se plante juste dans l'ouverture de la porte.

– C'est l'heure du match, aboie-t-elle. On va savoir qui est le meilleur limier du monde.

Pouf lève les yeux d'un air étonné. Son regard glisse et remonte le long des pattes roses de Sheba. Puis le long de sa poitrine laineuse. Avant de parvenir à son toupet de poils crépus.

Quelle femelle arrogante et tondue ! Qui de plus l'empêche d'aller dormir !

– On organise toujours un match avec les nouveaux, explique Sheba. Un de vous trois va jouer contre Rambo !

– Un salami contre un guerrier, ricane Rambo.

– Je vais m'accrocher à ta gorge, grogne Cheffie. Je vais te déchiqueter en morceaux. Je vais cracher ton sang…

– Bien, Cheffie, dit Sheba. C'est toi qui affronteras Rambo.

Sheba explique le jeu.

– Je vais cacher Cotcot. Rambo et Cheffie devront le retrouver.

– Cotcot ? s'exclame Pouf. Mais…

– Silence, grogne Sheba. Le premier qui trouvera Cotcot sera sacré meilleur limier du monde. Et…

Sheba regarde Pouf fixement.

– Et ? demande Cheffie.

– Et le vainqueur recevra… Cotcot en cadeau ! dit Sheba en ricanant.

– Non, s'écrie Pouf. Cotcot est à moi.

Rambo arbore un large sourire.

– Espèce de hot-dog mou, murmure-t-il en s'adressant à Pouf.

– Donner Cotcot ? Plutôt mourir, se lamente Pouf.

– Ne t'en fais pas, grogne Cheffie. Je vais gagner.

Mais Pouf lève la tête et se met à pleurer.

LE MATCH

– Ne fais donc pas tant de manières, dit Cheffie. Un teckel ne se plaint pas. Il se montre fort et courageux.

Pouf arrête de se lamenter. Mais il n'a pas du tout l'air fort et courageux.

Il se fait tout petit. La queue entre les pattes, il se dirige vers les autres chiens.

Cheffie s'installe à côté de Rambo.

Sheba se tient en face d'eux. Elle a caché Cotcot quelque part et s'apprête à donner le signal de départ du match.

Pouf, Boogie, Jack, Jo et Rita sont assis un peu plus loin, à l'ombre de l'arbre. Ils ne peuvent pas participer au match. Ils ont juste le droit de regarder.

Il fait une chaleur écrasante. Rambo a du mal à respirer. Cheffie dresse les oreilles.

– J'ai tracé plusieurs pistes marquées d'odeurs

différentes, dit Sheba. Une de ces pistes est celle de Cotcot. Si vous la suivez, elle vous conduira à lui. Et le premier qui le trouvera aura gagné.

Dit comme cela, ça a l'air simple. Mais ce n'est pas le cas.

Cheffie doit chercher le chemin qui mène à Cotcot parmi un embrouillamini de pistes.

– Prêts ? A mon signal, vous pourrez y aller.

Sheba pointe le museau en l'air.

Cheffie et Rambo se tiennent côte à côte. Ils tremblent sur leurs pattes.

Sheba lance un aboiement bref et puissant.

Le teckel et le doberman se dispersent aussitôt. Leurs museaux glissent sur le sol comme des aspirateurs.

C'est difficile. Beaucoup d'odeurs courent dans l'herbe.

Cheffie n'arrive pas à reconnaître celle de Cotcot.

Rambo suit une piste. Il avance tout droit vers un arbre. Mais Cotcot ne s'y trouve pas. Il n'y a là qu'une petite balle de Sheba.

– Ce n'est pas la bonne piste, Rambo, dit Sheba.

Le doberman s'éloigne.

Cheffie explore l'herbe en courant dans tous les sens. Il renifle une vieille trace laissée par une souris et une autre toute fraîche appartenant à Sheba… Toutes les odeurs se mélangent. Mais toujours pas de trace de Cotcot.

Au loin, quelque chose gronde dans le ciel.

Les oreilles de Rambo s'aplatissent. Il bouge la tête de gauche à droite.

– Concentre-toi, dit Sheba. Ne te laisse pas distraire.

Installé sous l'arbre, Pouf n'en peut plus. C'est trop de tension pour lui. Sa gueule est à moitié ouverte. Sa langue pend comme un mouchoir humide sur ses canines. Elle tremble quand il respire. Hhh, hhh, hhh.

Tous les chiens tournent la tête vers Rambo.

Le doberman s'arrête et renifle. Puis s'élance à toute vitesse. Son museau fouille le sol. A-t-il trouvé la trace de Cotcot ?

Pouf pleure doucement.

Rambo se déplace de plus en plus vite.

Un terrible coup de tonnerre tombe du ciel. Bientôt suivi par un éclair.

Rambo se recroqueville et commence à gémir. La queue entre les pattes, il se précipite vers le dortoir.

Les autres chiens l'imitent.

Seuls les deux teckels restent là. En compagnie de Sheba.

– Il y a un orage, dit-elle.

– Et alors ? grommelle Cheffie.

– Le match est interrompu, décide Sheba.

– Et si on le supprimait ? dit Pouf.

– Je vais aller chercher Cotcot, dit Sheba. Rentrez à l'intérieur.

Elle fait demi-tour en dressant bien haut sa queue en forme de pompon.

– Espèce de cruche mal rasée, grogne Pouf.

– Mais ici c'est elle la patronne, soupire Cheffie.

Et les teckels se dirigent vers le dortoir.

Le soir, l'orage continue de gronder. Le vent mugit.

Dans le dortoir, tous les chiens sont calmes. Sauf les teckels.

– Tu as vu ? dit Cheffie à Boogie. Les chiens qui font le plus les malins sont aussi les plus froussards.

Boogie tourne les yeux vers Rambo.

Le doberman tremble de tout son corps. Sa langue pendouille hors de sa gueule.

– En plus il bave, dit Boogie. Le sol est tout mouillé.

– Incroyable, dit Pouf. Se mettre dans cet état à cause d'un temps de chien.

Cheffie, Pouf et Boogie peuvent enfin aller dormir. Cette étrange journée a assez duré.

Pouf renifle le coussin. Il se couche et pose son menton sur Cotcot. Son doudou sent bon la maison.

Boogie se roule en boule contre Pouf.

Cheffie fait ses griffes dans le coussin. Il soupire. D'habitude, le soir, Emma vient le caresser.

Emma… La personne la plus gentille qu'il connaisse.

Cheffie est le chien préféré d'Emma. Et Cheffie est certain qu'elle viendra le rechercher. Il doit juste encore un peu patienter.

Dehors, il pleut fort. La lumière de l'éclair traverse le dortoir.

Rambo gémit doucement.

Cheffie, lui aussi, a envie de pleurer.

LE COMBAT

Le matin, ici, les odeurs ne sont pas les mêmes qu'à la maison.

Cheffie tend le museau et renifle.

Les odeurs des autres chiens titillent ses narines et le rendent nerveux.

Boogie s'étire.

– J'ai une faim de doberman, dit-il.

Il regarde Rambo qui se trouve dans la cage à côté de la sienne.

Rambo dort couché sur le dos, les pattes en l'air.

Toute la nuit, il a haleté et bavé.

Il s'est seulement endormi quand l'orage a cessé et que le vent est tombé.

– J'ai envie d'une oreille de porc et d'un cœur de bœuf, ajoute Boogie. Et aussi de foie de poulet…

Pouf se réveille d'un bond en entendant parler de foie de poulet.

– Où ça ? aboie-t-il. Où ça du foie de poulet ?

– Dans tes rêves, pouffe Boogie.

– A la maison, chez Emma, dit Cheffie.

La maman d'Emma prépare parfois du foie de volaille mijoté dans l'huile à feu doux. Et de l'oreille de porc. Et du cœur de bœuf. Et des gésiers de poulet.

Les narines de Cheffie frémissent. Pas à cause de l'odeur de viande rôtie. Mais parce qu'il sent l'odeur de chiens affamés.

Jack et Jo aussi sont réveillés. Ils sautent contre les barreaux de leur cage.

– On a faim, crient-ils. On a faim.

La porte s'ouvre.

Sheba pénètre dans le dortoir.

C'est le seul chien qui ne passe pas la nuit dans une cage. Son panier se trouve dans la cuisine de la Femme-aux-chiens. L'odeur de Sheba se mélange d'ailleurs à celle de la cuisine et à celle de la Femme-aux-chiens.

Cheffie écarquille les yeux en la voyant passer.

Sheba ne marche pas, elle parade.

Sa queue en forme de pompon remue à chacun de ses pas. Sheba a du style.

Cheffie l'observe.

– Tu sais de quoi j'ai rêvé cette nuit ? demande Jack à Boogie.

– Oh, tais-toi, dit Jo. Tu racontes toujours n'importe quoi.

Mais Boogie a envie de savoir. Il dresse les oreilles et agite la queue.

– J'ai rêvé, dit Jack, que j'avais une collerette rigide autour du cou. Un vrai cauchemar !

– Pourquoi ? demande Boogie. C'est si grave que ça ?

– Avec une pareille collerette, tu ne peux plus te laver les bouboules, pauvre idiot, dit Jack.

Boogie le regarde d'un air étonné. Une collerette pour chiens ? Il n'avait encore jamais entendu parler de cela.

La Femme-aux-chiens ouvre toutes les cages les unes après les autres. Elle appelle chaque chien par son nom.

– Cheffie, sors vite de là ! dit-elle d'une voix chantante.

Elle pousse doucement Pouf dehors.

– Allez, Pouf. Tu n'as pas faim ?

Elle donne une caresse à Boogie.

– Et toi, Boogie, tu as envie de passer à table, non ?

Chacun reçoit son petit déjeuner dans la salle à manger.

Sheba est servie la première, car elle est la chef.

C'est ensuite au tour de Rita, la plus âgée.

Rambo et Cheffie ont le même âge. Lequel recevra d'abord son écuelle ?

La Femme-aux-chiens regarde le grand doberman puis le petit teckel. Elle a décidé. Ce sera Cheffie. Puis seulement Rambo.

Cheffie ricane. Rambo, la chiffe molle, passera désormais après lui.

La Femme-aux-chiens s'occupe ensuite de Pouf, de Jack et de Jo.

Boogie est le dernier à être nourri. Car c'est le plus jeune.

Le petit déjeuner est un vrai festin. On n'entend ni jappement ni aboiement. Juste le bruit de mâchoires qui s'activent goulûment.

Les écuelles glissent sur le sol puis se retournent à force d'être léchées.

Seule celle de Cheffie demeure remplie.

Aujourd'hui, il n'a pas envie de croquettes.

Il a comme un nœud à l'estomac.

Pouf voit que Cheffie n'a pas touché à son repas.

– Je peux ? demande-t-il.

– Vas-y, dit Cheffie. Je n'ai pas faim.

Pouf engloutit les croquettes.

– Moi d'abord ! s'écrie soudain Jack.

– Deuxième ! s'exclame Jo.

– Troisième ! hurle Boogie.

Tous les trois se précipitent vers la prairie à crottes.

C'est une des règles. Après le repas, tous les chiens doivent s'y rendre.

C'est un chouette endroit. On y trouve des arbres à potins.

En les reniflant, les chiens apprennent les dernières nouvelles.

Ça remonte le moral de Cheffie.

Boogie s'écarte d'un bond de Jack et de Jo.

– Attrapez-moi si vous pouvez, s'écrie-t-il.

Pouf et Cheffie reniflent un arbuste à potins.

– Voilà qui est intéressant… marmonne Cheffie. Un pipi de Sheba. Ouah, ouah, ouah.

Elle sera bientôt en chaleur. Cheffie l'a senti. Il décide alors de laisser une réponse derrière lui. Il fera ainsi savoir à Sheba qu'il est partant.

Cheffie lâche quelques gouttes qu'il recouvre d'un peu de sable avec ses pattes arrière.

Entre-temps Rambo a rejoint la prairie à crottes. Son museau court juste au-dessus du sol.

Il se dirige tout de suite vers l'endroit que Cheffie vient de marquer. Et… il fait pipi à son tour. Longtemps. Beaucoup plus longtemps que Cheffie.

Le teckel aperçoit le doberman.

– Cette chiffe molle efface ma réponse à Sheba ! aboie-t-il en s'adressant à Pouf.

Cheffie retourne vers l'arbuste. Il décèle la forte odeur de Rambo. Et il fait de nouveau pipi au même endroit. Juste quelques gouttes.

Mais Rambo réapparaît.

Cheffie ne bouge pas d'un pouce lorsque le doberman s'avance vers lui.

Les deux chiens se font face, oreilles dressées. Ils s'observent.

Cheffie soulève sa lèvre supérieure. Il montre les dents à Rambo.

Rambo laisse échapper un grognement de sa poitrine.

Leurs queues pointent vers le ciel.

Le combat peut éclater à tout moment.

Sheba arrive alors d'un pas léger. Le museau en l'air, elle marche droit sur Cheffie et Rambo. Et elle va s'asseoir entre eux.

Elle commence à se laver. Avec beaucoup de soin. D'abord les coussinets sous sa patte avant gauche. Puis ses orteils. Et ensuite le dessus de sa patte.

Cheffie observe chacun de ses mouvements. Il arrive à peine à respirer.

Soudain, Sheba se lève. Puis elle s'étire et s'en va. Sans flairer ni Cheffie ni Rambo. On ne voit plus que sa queue en forme de pompon qui se balance.

Ouah, ouah, ouah. Comme elle sent bon !

Cheffie suit Sheba des yeux. Il a complètement oublié Rambo.

— Grrr !

Rambo saute sur le dos de Cheffie et se cramponne à son cou. Cheffie gémit. Il pleure et il hurle.

— C'est qui maintenant la chiffe molle ? grogne Rambo.

Cheffie ne peut pas se défendre. Il ressent une terrible douleur dans le cou.

Splatchhhhhhhhhh.

Rambo lâche prise. Cheffie est étendu dans une flaque.

Une flaque de sang ?

Non. La Femme-aux-chiens vient de déverser un seau d'eau glacée sur Rambo. Le doberman, trempé jusqu'aux os, s'éloigne.

La Femme-aux-chiens prend Cheffie dans ses bras avec précaution. Elle a du sang sur ses mains. Du sang appartenant à Cheffie.

– Je vais appeler le vétérinaire, dit-elle.

L'homme qui arrive un peu plus tard colporte beaucoup d'odeurs.

De chiens, de chats, de lapins, de hamsters et de rats. Mais aussi de lotions et de potions.

Cheffie éternue lorsque le vétérinaire s'approche de lui. Il n'a pas la force de grogner. Il souffre trop.

Le vétérinaire examine la blessure. Il prend une aiguille dans sa sacoche.

Il fait une piqûre à Cheffie. Le teckel a l'impression que la nuit vient de tomber. Tellement il se sent fatigué.

Le vétérinaire rase le dos de Cheffie. Il désinfecte la coupure et la recoud. Avec une aiguille et du fil. De sorte que la plaie ne saigne plus.

La Femme-aux-chiens caresse doucement le dos de Cheffie. Le teckel a du mal à respirer. Le bout de sa langue pointe hors de sa gueule.

Quelques heures plus tard, Cheffie est de retour parmi les autres chiens.

Rambo n'est pas là. Heureusement.

Boogie s'approche et regarde la blessure de Cheffie.

– Tu as une drôle d'odeur, dit-il en reniflant Cheffie.

– Bouge-toi de là, aboie Sheba.

Elle renifle à son tour la blessure de Cheffie.

– Il faut que vous la léchiez, dit-elle. La salive est le meilleur remède.

Puis elle fait demi-tour et s'éloigne.

Cheffie soupire.

– Je suis fatigué, dit-il à Boogie. Laisse-moi seul.

Cheffie s'avance en chancelant. La blessure picote. Il a la tête qui tourne.

Il va se coucher avec précaution dans l'herbe. Il ose à peine bouger le cou.

L'odeur de l'herbe lui fait penser à Emma.

Emma. Viendra-t-elle bientôt le rechercher ?

Le pauvre Cheffie se sent mal. Abandonné par la maman d'Emma. Mordu par Rambo.

Que pourrait-il lui arriver de pire ?

UNE TIQUE

Le museau de Cheffie le démange.

Le teckel ouvre un œil. Il aperçoit un petit point noir sur son museau. Le petit point bouge et rampe. Il a donc des pattes !

Cheffie éternue. Il ressent une vive douleur dans le cou.

Il ouvre grand les yeux. Le petit point continue d'avancer.

Cheffie essaie de le suivre du regard.

Est-ce une araignée ?

Le petit point s'engage entre ses yeux et se dirige vers le sommet de sa tête.

Il a huit pattes, quatre de chaque côté. Et au bout de chaque patte, il y a une griffe.

Une tique ! C'est une tique ! Cheffie en est certain.

Avec ses griffes, elle va entailler sa peau.

Avec sa bouche, elle va s'accrocher à sa chair.

Et puis…

Cheffie aplatit ses oreilles. Il a du mal à respirer.

Va-t-elle ensuite aspirer son sang ?

Cheffie essaie de la chasser avec sa patte droite. Mais ça ne marche pas.

La tique poursuit doucement sa route. Entre ses yeux. Puis sur son front.

Soudain, Cheffie ne la voit plus.

Mais son oreille commence à le démanger.

Beurk ! La tique ne s'est quand même pas glissée dans son oreille !

Si elle s'installe à l'intérieur, elle n'en sortira plus. Elle restera là pendant des jours.

La tique va se gaver de sang. Elle ne lâchera prise que lorsqu'elle sera ronde et remplie.

Entre-temps, l'oreille de Cheffie ne cessera pas de le démanger.

Cheffie secoue la tête. Mais il arrête très vite. Son cou le fait souffrir.

Il sent la tique ramper dans son oreille droite. Que faire ?

Il incline la tête et retourne son oreille. Puis il commence à gratter à l'intérieur comme un fou.

Cette fois, la bestiole ne lui échappera pas.

Finis les picotements. Finies les piqûres. Finies les démangeaisons. Cheffie ne sent plus la tique.

– Mon corps m'appartient encore, marmonne-t-il. Ici, c'est Cheffie qui décide !

Puis il va se coucher, le menton posé sur ses pattes avant. Voilà une affaire rondement menée. Bon débarras.

Mais juste avant de s'endormir, Cheffie sent une piqûre dans l'oreille droite. La bestiole est toujours là. Et elle mord Cheffie, la vilaine !

La tique est désormais bien accrochée.

Aucun chien ne pourrait la déloger. Seul un humain pourrait y arriver. En la retirant avec précaution. Afin que la tête de la tique ne reste pas coincée sous la peau de Cheffie.

Pauvre chéri. Abandonné par la maman d'Emma. Mordu par Rambo. Attaqué par une tique.

Que pourrait-il lui arriver de pire ?

QUELQUES PAS DE DANSE

– Viens voir. Vite !

Boogie est en train de trottiner impatiemment.

– Qu'est-ce qui se passe ? demande Cheffie.

Son cou le fait souffrir.

Boogie étire les pattes avant en levant le derrière. Il agite la queue.

– Il faut que tu les voies. Ils sont trop drôles.

– Qui ? demande Cheffie.

– Sheba, répond Boogie. Et aussi la Femme-aux-chiens.

Cheffie cligne des yeux.

– Sheba ? Où ça ?

– Dans la salle à manger, dit Boogie en avançant.

Cheffie le suit d'un pas lent. Il ne peut pas courir. Il a encore la tête qui tourne.

Soudain, il s'arrête. Il dresse les oreilles.

Il entend des bruits en provenance de la salle à manger. Il reconnaît la voix sonore d'un humain.

Il perçoit aussi d'autres sons. Forts et rapides. Toujours sur le même rythme.

– Tu entends ? demande Boogie.

– C'est de la musique, grogne Cheffie. Je n'aime pas ça. Mais les humains, eux, adorent.

– Moi aussi, jappe Boogie, le museau pointé en avant. J'aime beaucoup la musique.

Une barrière en bois bloque l'entrée de la salle à manger. Les autres chiens sont déjà assis devant. Ils regardent à travers les barreaux.

Cheffie s'approche.

– Laissez passer Cheffie, dit Pouf. Il est blessé.

Jack, Jo et Rita se poussent sur le côté.

Les oreilles de Cheffie n'arrêtent pas de remuer. Ses yeux sont grands ouverts. Il n'a encore jamais vu une chose pareille !

La Femme-aux-chiens fait quelques pas. Puis elle lève le bras droit.

Sheba sautille face à la Femme-aux-chiens en se tenant debout sur ses pattes arrière. Elle est aussi grande que sa maîtresse.

– Elles dansent tous les jours, dit Rita. Elles participent à des concours.

Un chien qui danse ?

– C'est ridicule, grogne Cheffie à l'intention de Boogie. Un chien court et chasse. Il ne danse pas dressé sur ses pattes arrière.

– Je trouve ça beau, dit Boogie, tout excité. Je voudrais apprendre à danser moi aussi.

– Ce serait mauvais pour ton dos, dit Cheffie. Ton corps est trop long.

Mais Boogie n'écoute plus Cheffie. Il suit des yeux chaque mouvement de Sheba.

Le caniche et la Femme-aux-chiens se tiennent maintenant côte à côte.

Si la Femme-aux-chiens lève le pied, Sheba lève la patte à son tour.

Si la Femme-aux-chiens lève l'autre pied, Sheba lève l'autre patte à son tour.

Elles se déplacent ainsi toutes les deux au rythme de la musique.

Cheffie se couche. Il ferme à moitié les paupières. Il est fatigué. Mais il veut encore regarder Sheba pendant un moment.

Sheba ne quitte pas des yeux la Femme-aux-chiens.

Elles forment un couple parfait.

Comme Emma et Berger. Emma…

L'oreille droite de Cheffie le démange.

Pourquoi Emma vous a-t-elle amenés ici ?

Cheffie se redresse d'un bond. Qu'est-ce que c'est ? Qui a parlé ?

Voulait-elle se débarrasser de vous ?

Cheffie écarquille les yeux. Il rejette les oreilles vers l'arrière. Ses narines frémissent.

C'était toi son chien préféré. Toi, Cheffie.

Cheffie a du mal à respirer. Il regarde autour de lui d'un air inquiet. Mais il ne voit rien de suspect. Aucun des autres chiens ne lui parle.

Pouf et Boogie sont bouche bée devant Sheba et la Femme-aux-chiens.

Pourtant, elle t'a aussi abandonné.

Stop ! Cette fois, c'en est trop. La voix provient de son oreille.

Serait-ce… ? Mais oui !

Ça ne peut être qu'elle : la tique. C'est elle qui dit ces choses affreuses.

Cheffie remue la tête de toutes ses forces. Il agite ses oreilles dans tous les sens. Il veut infliger une bonne correction à cette horrible bestiole.

Il faut qu'elle se taise !

La Femme-aux-chiens montre le sol du doigt et Sheba se roule par terre. Une fois. Deux fois. Trois fois.

Puis la musique s'arrête.

Sheba va s'asseoir. Elle lève ses pattes avant.

La Femme-aux-chiens s'incline devant Sheba en riant. Elle lui donne une sucrerie. Et aussi une caresse.

– Est-ce que je peux te poser une question ? demande Boogie en s'asseyant à côté de Cheffie.

Le teckel sursaute et dresse les oreilles.

Boogie tend le museau en direction de la Femme-aux-chiens.

– Est-ce que nous avons besoin des humains pour danser ?

Cheffie cligne des yeux.

– Quand avons-nous au juste besoin d'eux ? insiste Boogie.

A quoi sert un humain ?

C'est la première fois que Cheffie ne répond pas tout de suite. De plus, il n'arrive pas à réfléchir clairement. Il a toujours l'esprit occupé par la tique. Il a peur qu'elle ne siffle soudain dans son oreille.

Pouf vient à son secours.

– L'humain est là pour nous donner des sucreries, dit-il. Non ?

– Et aussi des caresses, dit Boogie.

Pouf et Boogie regardent Cheffie d'un air interrogateur.

Cheffie réfléchit. Il est le plus vieux et le plus intelligent. Il est tenu d'apporter une réponse à chaque question.

Il essaie de gagner du temps.

– Vous voulez savoir ce qu'est un humain ? demande-t-il.

– Oui, aboie Boogie. C'est quoi un humain ?

– Un distributeur de sucreries, dit Pouf.

– Un garde-chiourme, dit Rita.

– L'extrémité d'une laisse, dit Jo.

– Un chien rasé qui danse sur ses pattes arrière, dit Jack.

Et Cheffie ? Qu'en pense-t-il ?

Boogie, rempli d'espoir, le regarde.

– Il faut que j'y réfléchisse, dit Cheffie.

Il fait demi-tour et se dirige vers le dortoir.

– Cheffie est vraiment bizarre en ce moment, dit Boogie.

LA NUIT

Cheffie aime la nuit, car tout est calme et sombre.

Il peut alors réfléchir.

Dans le dortoir, la nuit est différente de chez Emma.

A la maison, Cheffie peut marcher dans l'obscurité à travers la maison. Il se dirige vers le corridor en passant par la cuisine afin d'atteindre le réduit. Puis il pousse la porte avec son museau et se glisse à l'intérieur.

C'est son endroit préféré.

Il y flotte de fortes odeurs. Des odeurs d'humains.

Le réduit apaise Cheffie. L'odeur d'Emma surtout le rassure.

Ici, dans le dortoir, il ne peut pas se balader. Il est prisonnier. Enfermé dans une cage avec Pouf et Boogie.

Quand Pouf ronfle, Cheffie a un peu l'impression d'être à la maison. C'est un son familier.

Mais il y a ici bien d'autres bruits la nuit.

La lourde respiration de Rita, le halètement de Jo et le rêve éveillé de Jack.

Rambo n'est pas couché dans la cage à côté de celle de Cheffie.

La Femme-aux-chiens le tient toujours à l'écart. C'est une sage décision. La Femme-aux-chiens est intelligente. Du moins quand elle ne danse pas !

C'est quoi au juste un humain ?

Cheffie doit encore apporter une réponse à la question de Boogie.

Est-ce un distributeur de sucreries ?

Non. Emma est beaucoup plus que ça.

Elle est chaleureuse, elle sent bon et a une voix douce. Et…

Cheffie soupire et va se coucher.

Et… on peut toujours compter sur elle.

Aïe ! L'oreille de Cheffie lui fait mal.

Peut-on vraiment compter sur elle ?

Qu'est-ce que c'est ? Cheffie secoue la tête.

Viendra-t-elle te rechercher ?

Cette maudite tique est de retour. Elle crache

son venin dans l'oreille de Cheffie.

Elle t'a peut-être oublié.

Comment faire taire cette bestiole ? Cheffie s'enfonce dans le coussin et essaie de penser à autre chose. Il doit trouver une réponse à la question de Boogie.

C'est quoi un humain ?

Un distributeur de sucreries ? Un garde-chiourme ? Un chien rasé ? L'extrémité d'une laisse ?

Peut-on compter sur un humain ? Oui ou non ?

Cheffie penche la tête sur le côté. Il commence à se gratter l'oreille.

Son cou le fait souffrir. Il continue pourtant à se gratter. Mais plus il se gratte, plus le doute grandit dans sa tête.

C'est quoi un humain ?

C'est quoi un humain ?

CONSEILS DE TECKELS

Le lendemain matin, Cheffie se sent encore plus mal. Il est fatigué et ne mange rien. Il n'a qu'un seul désir : retourner dans son panier le plus vite possible. Mais il ne laisse rien transparaître. Un teckel ne se plaint pas. Il doit se montrer fort.

— On a la permission d'assister à la leçon de danse, dit Boogie en agitant la queue et en sautant. Super, non ?

— Je n'ai aucune envie d'apprendre quoi que ce soit, grogne Cheffie. Et certainement pas à danser.

— On pourra même piquer un petit somme pendant que Sheba donnera sa leçon, dit Pouf en entraînant Cotcot avec lui.

— Sheba ? s'étonne Cheffie en levant le museau. C'est elle qui donnera la leçon ?

Quelques instants plus tard, tous les chiens sont assis sous l'arbre.

Sheba s'installe devant le groupe.

Rambo est juste en face d'elle.

L'odeur du doberman donne des haut-le-cœur à Cheffie.

Il se fait tout petit et évite de regarder Rambo. Il ne veut pas être de nouveau mordu par cet enragé.

La leçon commence.

– Il faut toujours faire croire à l'humain que c'est lui qui dirige, dit Sheba. Mais, en réalité, c'est vous le chef.

– Tout le monde sait ça, grogne Cheffie. Les teckels l'ont compris depuis longtemps.

– Et n'oubliez pas de le flatter, continue Sheba. C'est très important. Si vous voulez dominer l'humain, vous devez le flatter…

– Qu'est-ce que ça veut dire, flatter ? chuchote Boogie.

– Se montrer gentil, grogne Cheffie. Se coucher sur le dos. Donner un petit coup de langue. Regarder d'un air malheureux.

Sheba poursuit sa leçon.

– Vous devez flatter l'humain, de sorte qu'il vous trouve adorable. Vous obtiendrez alors de lui tout ce que vous voudrez.

Cheffie interrompt Sheba.

– Si vous me le permettez, Sheba, dit Cheffie, puis-je vous donner quelques conseils ? Nous, les teckels, nous avons beaucoup d'expérience dans ce domaine. Nous dominons les humains depuis de nombreuses années. Et ils n'ont rien remarqué. C'est là tout notre art. Notre race est réputée à travers le monde pour cette raison.

Sheba lève le museau. Elle remue les narines.

Rambo fixe Cheffie. Mais le teckel évite le regard du doberman.

– Allez-y, dit Sheba, je vous écoute.

Cheffie s'avance. Sa queue se dresse et tremble un petit peu. Il sent le regard de tous les chiens posé sur lui. Mais il aime ça. Il gonfle le torse.

– Tout d'abord, c'est le chien qui décide de l'heure du réveil. Il pleure, gémit ou aboie jusqu'à ce que l'humain se réveille et sorte du lit.

– C'est ce que je fais depuis toujours, jappe Rita.

– Et ensuite ? demande Sheba.

– Mordez dans tout ce que vous rencontrez, dit Cheffie. Les pieds de table, les tapis, les pantoufles. Les chaussures en cuir ont un goût particulièrement délicieux. Car elles sentent le vieux fromage.

Jack et Jo se lèchent les babines.

Sheba lève le museau.

– Mais encore ? dit-elle.

Cheffie poursuit :

– Essayez toujours de sortir le premier. D'abord le chien puis seulement l'humain. Quand vous vous promenez, tirez sur la laisse. Le plus fort possible.

– Pas mal, dit Sheba.

Boogie pouffe. Cheffie est un bon professeur. C'est lui le plus intelligent. C'est sûr et certain.

– Aboyez dès que vous pouvez, continue Cheffie. Quand on sonne à la porte. Quand un visiteur entre dans la maison. Quand celui-ci s'en va. Quand vous voyez un chat par la fenêtre. Eh bien, aboyez ! Pleurer, ça marche aussi. En conclusion, faites le plus de raffut possible !

Les chiens commencent à s'agiter. Seule Sheba ne bronche pas. Le bout de sa langue pend hors de sa gueule.

– C'est à toi maintenant, Pouf, dit Cheffie. Donne ton conseil favori.

Pouf respire profondément.

– Volez le plus de nourriture possible. Si vous ne pouvez pas sauter sur la table, bondissez d'abord sur une chaise. Mendiez sans arrêt. Bavez sur les pieds des humains. Continuez jusqu'à ce que vous obteniez quelque chose.

Même Rambo dresse les oreilles.

Cheffie reprend la parole.

– Faites pipi partout dans la maison, dit-il. Même quelques gouttes. Plus elles seront grosses et jaunes, mieux cela sera. Faites pipi dans un bac à fleurs. Contre un pied de table. Contre la porte de la cuisine. Et si vous avez l'opportunité d'arroser un tapis, n'hésitez pas. Votre odeur restera imprégnée plus longtemps.

– Bonne idée ! s'exclame Jack.

Sheba cligne des yeux.

– Moi aussi j'ai un conseil à donner, s'écrie Boogie. Il rit en pensant à Jack.

– On t'écoute, dit Cheffie.

Boogie glapit.

– Léchez-vous les bouboules. Puis léchez le visage de l'humain, dit-il.

– Bravo ! s'exclame Jack.

Boogie regarde fièrement autour de lui. Comme si c'était son idée.

– Enfin, un dernier conseil, dit Cheffie. Faites l'idiot, sinon l'humain fera de vous un chien d'aveugle. Ou vous obligera à pratiquer un sport ou l'autre. Et, ricane Cheffie, avant même de vous en rendre compte, vous participerez à des concours de danse.

Sheba reste bouche bée. Ses oreilles pointent vers l'avant.

Elle regarde Cheffie fixement. Est-elle fâchée

à cause de ce qu'il vient de dire ? Va-t-elle le mordre ?

Non. Cheffie s'aperçoit qu'elle entrouvre de nouveau la gueule. On dirait qu'elle sourit.

– Merci de vos conseils, les teckels, dit Sheba. Vous avez certainement encore beaucoup de choses à nous apprendre.

Elle regarde les autres chiens. Ceux-ci se mettent aussitôt à remuer la queue. Tous ensemble. Pour remercier Cheffie.

– Les teckels sont intelligents, dit Sheba. Ils profitent des humains tout en satisfaisant leurs envies.

Sheba présente son arrière-train à Cheffie. Elle lève la queue.

Cheffie est autorisé à renifler. Pour la toute première fois. Ouah, ouah, ouah ! Sheba sent délicieusement bon. Son odeur chatouille les narines de Cheffie et l'enivre.

Il ne pense plus du tout à Emma.

Mais l'après-midi, quand Cheffie est couché dans son panier, l'odeur d'Emma resurgit.

Il enfouit son museau dans le coussin. L'odeur d'Emma est toujours plus forte que celle de Sheba.

Son oreille droite le démange.

Emma n'aime pas les chiens qui ne servent à rien.

Elle est de retour. La tique. Cheffie se gratte l'oreille.

Et tu ne sers à rien. Tu es pareil à une tique.

Cheffie essaie de ne pas écouter. Mais la voix résonne de plus en plus fort.

Emma n'aime pas les teckels. Elle ne t'aime pas.

Je dois me débarrasser de cette tique, pense Cheffie. Elle va me rendre fou !

CHEFFIE CHERCHE DE L'AIDE

– Boogie, mordille un peu mon oreille, demande Cheffie.

Cheffie incline la tête. La blessure dans son cou picote toujours. Mais elle ne le fait plus vraiment souffrir.

Boogie saisit l'oreille droite de Cheffie avec précaution entre ses dents. Il suce, suçote et mâchouille bruyamment.

Soudain, il lâche l'oreille.

– Il y a quelque chose dedans, dit-il. C'est chaud et ça a l'odeur du sang.

– C'est une tique, grogne Cheffie. Retire-la, mords-la et tue-la.

– Non. Je n'aime pas les tiques, dit Boogie en tournant la tête. Demande à Pouf. Il avale n'importe quoi.

– Espèce de mauviette, grogne Cheffie.

Et il part à la recherche de Pouf.

Celui-ci est allongé sur le dos au soleil.

– Pouf, mordille un peu mon oreille, dit Cheffie.

Pouf ouvre un œil.

– Mordille plutôt la mienne, dit-il. Je vais piquer un petit somme.

– Allez ! grogne Cheffie.

Mais Pouf ferme les yeux et marmonne :

– Demande au caniche rasé. Tu aimes beaucoup le renifler, non ?

Sheba est couchée sous l'arbre. Elle lèche les coussinets de sa patte droite. Cheffie va-t-il oser lui demander ?

– Sheba ?

Depuis que Cheffie lui a fait part de ses conseils, elle semble un peu plus gentille. Pourtant, Cheffie hésite.

– Sheba, serais-tu d'accord de mordiller mon oreille ?

Sheba lève les yeux.

– Mordiller ton oreille ?

Elle attend un moment avant de poursuivre :

– J'aimerais bien le faire, mais ce n'est pas possible. Ici, c'est moi le chef, tu comprends ?

Cheffie ne comprend rien du tout. Si Sheba a envie de mordiller son oreille, pourquoi ne le fait-elle pas ?

Cheffie soupire. Il trouve les chiennes étranges.

– Tu sais quoi ? dit Sheba. Demande à Rambo. Mordiller, il adore ça.

Cheffie n'est pas fou ! Rambo ne mordillerait pas son oreille. Il la croquerait !

Il lui a déjà presque arraché la tête. Si la Femme-aux-chiens n'était pas intervenue, Cheffie serait mort aujourd'hui.

Cheffie se dirige vers la cuisine.

La Femme-aux-chiens se tient debout devant la fenêtre.

Cheffie la regarde. Et la question de Boogie lui revient à l'esprit. C'est quoi un humain ?

Mais une odeur de viande rôtie chatouille ses narines. Il n'arrive plus à réfléchir.

Cheffie lève le museau. Est-ce du poulet ? De la dinde ? Du canard ?

Du poulet ! Cheffie a reconnu l'odeur.

Tout à coup, la porte de la cuisine s'ouvre. Un gros nuage parfumé vient chatouiller le museau de

Cheffie. Ouah, ouah, ouah ! Le teckel écarquille les narines, afin de respirer toutes ces délicieuses odeurs de poulet rôti. Un vrai bonheur.

La Femme-aux-chiens se dirige vers le jardin de plantes aromatiques.

Cheffie a une idée.

Quand la Femme-aux-chiens cueillera des herbes, il lui léchera la main. Alors la Femme-aux-chiens le caressera. Elle le grattera derrière les oreilles. Et elle sentira la tique. La Femme-aux-chiens extraira la bestiole et l'anéantira. Au revoir, la tique !

Cheffie remue déjà la queue. Il se rend dans le jardin. La Femme-aux-chiens est penchée au-dessus du persil.

Cheffie lèche la main de la Femme-aux-chiens.

– Tu veux que je te gratte l'oreille ? demande-t-elle.

Cheffie pose la tête dans sa main. La Femme-aux-chiens le gratte derrière l'oreille gauche.

Cheffie ferme les yeux. Il profite du moment. Mais il doit aussi faire attention.

C'est son oreille droite qu'elle doit gratter. Pas la gauche !

Cheffie change de côté. La Femme-aux-chiens commence à le gratter sous l'oreille droite, mais elle se relève presque aussitôt.

– Le poulet va brûler, dit-elle.

Elle se dépêche de rentrer en emportant un bouquet de persil.

– Stop ! aboie Cheffie. Revenez !

Mais la Femme-aux-chiens ne s'arrête pas.

Cheffie secoue la tête de gauche à droite. Jusqu'à ce qu'il ait le tournis.

Cheffie sait que la tique ne tombera pas. Elle doit encore lui sucer du sang. Car elle n'est pas assez remplie.

Il rejoint son panier la queue basse.

Tout le monde l'abandonne : Boogie, Pouf, Sheba et la Femme-aux-chiens. Que pourrait-il lui arriver de pire ?

Et Emma ? Va-t-elle aussi l'abandonner ?

Cheffie n'a plus la force de chercher son odeur en enfouissant son museau dans le coussin.

Il va tout de suite se coucher. Son oreille recommence à le démanger.

Emma aussi t'abandonnera. Comme tous les autres.

Cheffie ne veut pas écouter la tique ! Mais il ne peut pas la faire taire.

Pourquoi Emma viendrait-elle te rechercher ? Elle a désormais Berger. Il l'aide. Toi, tu ne fais rien pour elle. Tu n'es qu'un parasite. Exactement comme moi.

QUI L'EMPORTERA ?

– Le match va reprendre, annonce Sheba installée sous l'arbre.

Cheffie est dans le dortoir. Il entend Sheba, mais il n'a pas envie de quitter son panier.

Il est épuisé.

La tique ne lui pompe pas seulement son sang. Elle lui pompe aussi son énergie.

– Où est Cheffie ? s'exclame Sheba. Où est-il ?

Boogie fonce vers Cheffie.

– Tu es malade ?

Cheffie a envie de tout raconter à Boogie. Qu'Emma lui manque. Qu'il a peur. Peur qu'Emma ne vienne jamais les rechercher. Peur que lui, Pouf et Boogie doivent rester ici pour toujours.

Cheffie voudrait soulager son cœur, mais un teckel ne se plaint pas. Il doit se montrer fort. Surtout lui, Cheffie.

– Malade ? Moi ? Qu'est-ce qui te fait croire ça ?

– Tout est formidable ici. Tu ne trouves pas ? dit Boogie. Il y a Sheba qui danse. Jack qui est devenu mon ami. Et toi qui vas gagner le match.

Cheffie emboîte le pas à Boogie.

– Oui, tout est vraiment formidable, dit Cheffie.

Bien sûr, il ne le pense pas.

– Plus que quelques minutes avant le départ, s'écrie Sheba.

Rambo est déjà prêt. Il frotte son derrière dans l'herbe.

Pouf et Boogie vont s'asseoir en face de lui.

Cheffie arrive. Il marche la tête haute. Personne ne doit voir qu'il ne se sent pas bien.

Tu vas perdre. C'est Rambo qui va gagner.

Cheffie est sur le point de craquer mais il réussit à se ressaisir.

Son cou le démange. Son oreille lui fait mal. Et son odorat n'est plus ce qu'il était. A-t-il encore une chance de trouver Cotcot ?

Cheffie regarde Pouf.

Pouf s'est fait tout petit. Ses oreilles sont rabattues vers l'arrière. Il a peur de perdre Cotcot.

Cheffie ne peut pas abandonner Pouf.

Soudain, Cheffie sent le museau de Sheba qui le touche.

– Essaie de te concentrer sur le match. Tu peux gagner. Fais-le pour Pouf.

Cheffie est étonné. Il ne s'attendait pas à cela de la part de Sheba.

Il va se placer à côté de Rambo.

Sheba se tient face à eux.

Elle a caché Cotcot pour la seconde fois.

– J'ai brouillé les pistes avec de nouvelles odeurs, dit Sheba. Le premier qui trouvera Cotcot aura gagné.

Elle aboie pour donner le signal du départ.

Cheffie et Rambo s'élancent chacun d'un côté.

Cheffie ouvre grand les narines. Il a la tête qui tourne. Des odeurs l'assaillent de partout : viande pourrie, caca d'oiseau, parfum de chat. Mais aucune trace de Cotcot.

Rambo est occupé à creuser. Aurait-il déjà déniché Cotcot ?

Il lance un os devant Sheba.

– Mais non, Rambo ! s'exclame le caniche. Tu vois quand même bien que ce n'est pas Cotcot.

Rambo est stupide. Cheffie est intelligent. Toujours. Même si Emma lui manque.

Emma… Où est-elle pour l'instant ?

Cheffie a tout à coup une idée. Il doit suivre l'odeur d'Emma. Car Cotcot en est encore un peu imprégné. Cette odeur-là va le guider.

Cheffie ouvre ses narines le plus grand possible. Il marche sur la pelouse en zigzaguant. Il s'arrête. Puis il se retourne et renifle de nouveau.

A partir de là, tout va très vite.

Cheffie traverse la pelouse à toute vitesse. Il fonce droit devant lui.

Emma ! Il a senti un soupçon de l'odeur d'Emma ! Et aussi un chouïa de celle de sa maman. Ça suffira pour trouver Cotcot.

Cheffie disparaît derrière le mur du dortoir.

Pendant ce temps, Rambo creuse un autre trou.

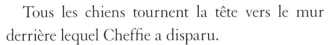

– Formidable, glapit Boogie.

– Silence, dit Pouf en haletant. Je ne vois plus Cheffie.

Tous les chiens tournent la tête vers le mur derrière lequel Cheffie a disparu.

C'est alors qu'arrive ce qui suit.

Cheffie réapparaît. Il tient fièrement Cotcot entre ses dents. Les longues pattes molles du doudou traînent par terre.

Les chiens réunis sous l'arbre se mettent à japper.

Pouf bondit dans les airs. Il est fou de joie.

– Je le savais, je le savais ! s'exclame Boogie.

Sheba pointe le museau vers Cheffie et annonce :

– Cheffie a remporté le match !

S'ensuit un incroyable brouhaha. Partout des chiens qui aboient, jappent et glapissent. Impossible pour Sheba de les faire taire.

Boogie danse autour de Cheffie.

Pouf remue la queue en agitant son arrière-train.

– C'était difficile, grogne Cheffie. Mais j'ai un excellent odorat.

– Votre attention, s'il vous plaît, s'écrie Sheba. Nous allons passer à la remise du prix.

Elle regarde Cheffie.

– Je peux avoir Cotcot ? demande-t-elle. Juste pour un instant.

Sheba prend délicatement Cotcot dans sa gueule. Elle avance de quelques pas.

– Le plus fin limier du monde est Cheffie. Il peut recevoir son prix.

Cheffie rejoint Sheba. Pouf et Boogie l'accompagnent. Sheba dépose solennellement Cotcot entre eux.

– Félicitations, dit-elle, en dressant bien haut sa queue en forme de pompon.

Cheffie renifle son odeur avec avidité. Ouah, ouah, ouah !

Rambo se trouve soudain à côté de Cheffie. L'odeur de Sheba s'est envolée.

– J'ai appris que tu avais une tique, dit-il.

Les oreilles de Cheffie se dressent.

– Ces bestioles ne s'en prennent qu'aux mau-viettes, ajoute Rambo.

Les poils de Cheffie se hérissent. Le teckel se fait aussi grand qu'il le peut.

Mais Rambo se détourne et s'éloigne à la suite de Sheba. On peut voir sa queue qui pointe vers le ciel.

Cheffie fixe le derrière du doberman. Une grosse tique grise brille au milieu des poils noirs.

– Tiens, tiens ! Je croyais que ces bestioles ne s'en prenaient qu'aux mauviettes, ricane Cheffie.

LA PROMENADE

Il fait chaud. Beaucoup trop chaud pour bouger.

Cheffie est couché à l'ombre du poirier et il respire en soufflant. C'est tout ce qu'il est capable de faire. Respirer en soufflant.

Tout à coup, ses oreilles se dressent. On ne va quand même pas aller se promener ? Pas par cette chaleur ?

Cheffie a pourtant bien deviné.

Il a entendu le bruit des laisses.

Il a senti l'odeur des grosses chaussures de la Femme-aux-chiens.

Et il a vu l'homme qui vient l'aider à s'occuper des chiens. Quand ils vont tous se promener, l'homme est toujours présent.

– Il fait beaucoup trop chaud, grogne Cheffie. Je n'y vais pas.

– Allez, on va encore s'amuser, glapit Boogie. On ira peut-être dans un parc.

– C'est ennuyeux un parc, soupire Cheffie. Il ne s'y passe jamais rien. On n'y trouve même pas de crottes de chiens. Les humains les ramassent.

– Pourquoi ? demande Boogie. C'est tellement agréable de renifler les cacas de chiens.

– Les humains sont des créatures étranges, grogne Cheffie.

L'homme tient les colliers des teckels en main. Ils sont en cuir lustré avec une médaille.

Il appelle les teckels un à un. Il a des sucreries avec lui. Elles sentent délicieusement bon.

Cheffie va s'asseoir devant l'homme. Il reçoit une douceur sans devoir rien faire en échange. L'humain ne serait-il finalement qu'un distributeur de sucreries ? se demande Cheffie.

La Femme-aux-chiens appelle Jack et Jo. Elle leur passe à chacun un collier en nylon autour du cou.

Puis elle prend le collier de Rambo. Une large sangle cloutée.

Rita a déjà le sien. Il est blanc et décoré de fleurs.

Et Sheba dans tout ça ? Elle a un collier magnifique. Garni de petites pierres rectangulaires qui scintillent au soleil. Un vrai bijou.

– Juste ce qu'il faut pour une danseuse, dit Boogie.

– C'est ridicule, grogne Cheffie.

Il n'a vraiment pas envie de sortir.

Mais quand les humains décident d'aller promener, les chiens doivent suivre. Même Cheffie est obligé d'obéir.

L'homme se penche et met le collier de Cheffie.

Il est en nage. Cheffie trouve cette odeur plutôt agréable.

– Nous l'appellerons désormais l'Homme-en-sueur, aboie Cheffie.

Un parfum suret s'échappe de la bouche de l'Homme-en-sueur.

Ouah, ouah, ouah !

Cheffie lève le museau et se met à lécher l'air.

Cheffie, Pouf et Boogie sont maintenant attachés. L'Homme-en-sueur se dirige avec eux vers le portail.

S'il y a moyen de m'échapper, je le ferai, se dit Cheffie. Je réussirai bien à retrouver Emma.

Mais il ne parvient pas à s'enfuir. Sa laisse le tient solidement attaché à l'Homme-en-sueur.

A la réflexion, se dit Cheffie, l'humain est l'extrémité d'une laisse.

Soudain, il s'assied. Il raidit ses pattes avant.

L'homme-en-sueur sent que Cheffie regimbe. Alors il crie et tire le teckel derrière lui.

Cheffie est bien obligé de le suivre. Sinon il va abîmer les coussinets de ses pattes.

– L'humain est un garde-chiourme, grogne Cheffie.

Pouf et Boogie marchent fièrement. Leurs queues se balancent joyeusement.

Cheffie les suit à contrecœur.

La maman d'Emma laisse toujours Cheffie

courir librement dans le pré. Il n'écoute jamais ce qu'on lui dit et ne revient que lorsqu'il est fatigué.

Cheffie soupire. Ici, c'est différent. Complètement différent. Même se promener n'est pas drôle.

Il lève le museau. Il sent quelque chose.

Un rat ? Un chat ? Une vache ?

Son museau court sur le sol. Par-ci par-là.

Pouf aussi renifle l'odeur. Il pointe son museau en l'air.

– C'est un rat mort ! dit-il. A moitié dévoré et presque pourri.

Mais il n'a pas le temps de recueillir plus d'informations. L'Homme-en-sueur entraîne les teckels plus loin.

– Pourquoi avance-t-il alors qu'il y a là un rat mort ? demande Boogie. Ne sent-il pas cette douce et alléchante odeur ?

– Non, dit Cheffie. L'humain est incapable de suivre une odeur.

– L'Homme-en-sueur ne sent donc pas sa propre odeur ? demande Boogie.

– A peine, dit Cheffie.

– Il ne sent pas non plus le parfum suret qui sort de sa bouche ? interroge Boogie.

– Non, il ne le sent pas non plus.

– Quel dommage, dit Boogie.

– Comme c'est triste, soupire Pouf.

LA BAIGNADE

Cheffie sent l'odeur de l'eau. Ils marchent tous vers un étang.

Sheba n'est pas attachée. Mais elle trottine juste aux côtés de la Femme-aux-chiens.

– Sheba a encore beaucoup à apprendre, dit Cheffie. Elle reste collée à sa maîtresse. On dirait Berger.

Mais, quelques instants plus tard, Sheba rejoint Cheffie.

– Parfois je m'éloigne un peu de la Femme-aux-chiens, dit-elle. Quand j'en ai envie. Comme maintenant.

Cheffie a du mal à suivre Sheba. Elle est beaucoup plus grande que lui. Ses épaules arrivent au genou gauche du caniche.

– On va nager, dit Sheba. J'ai horreur de ça.

Cheffie trottine quelques instants pour ne pas se faire distancer.

– Je déteste nager, dit Cheffie.

La promenade lui paraît maintenant plutôt agréable. Depuis que Sheba marche à ses côtés.

Pouf et Boogie n'adorent pas nager non plus. Même quand il fait très chaud.

Les teckels ont des petites pattes. Ils perdent tout de suite pied. L'eau leur arrive aux oreilles. Ils doivent pédaler pour ne pas couler.

C'est épuisant pour eux de nager.

De plus, il n'y a presque aucune odeur à renifler.

Pas de caca d'oiseau. Pas de pipi de chien. Pas de taupe morte. Rien.

Parfois un poisson pourri. Mais le plus souvent il n'y a que de l'eau qui ne sent rien.

– Allez, les garçons, tout le monde à l'eau !

Le front de l'Homme-en-sueur est couvert de transpiration.

– Il ferait mieux de nous laisser tranquilles. Qu'il aille nager tout seul, grogne Cheffie.

– On doit vraiment entrer dans l'eau ? demande Boogie.

– Pas du tout, dit Cheffie. Raidis les pattes et résiste.

L'Homme-en-sueur tire un coup sur les laisses.

Mais les teckels ne se laissent pas faire. Têtus, ils refusent de bouger.

A chaque pression, Cheffie, Pouf et Boogie tendent leurs pattes avant. Ils s'enfoncent dans le sable.

Ils avancent à peine de quelques centimètres.

L'Homme-en-sueur se retourne.

– Ah, c'est comme ça, dit-il, les mains sur les hanches.

Il se penche, détache Boogie et l'attrape par la peau du cou.

Cheffie n'en croit pas ses yeux !

Quelques instants plus tard, Boogie est dans l'étang. Il maintient sa tête hors de l'eau et nage calmement vers la rive.

Cheffie est furieux. L'Homme-en-sueur a jeté Boogie dans l'eau ! Subitement. Lâchement.

C'est sûr, on ne peut pas faire confiance à l'humain, se dit Cheffie.

Et avant que Cheffie n'ait le temps de s'en rendre compte, c'est à son tour d'y passer.

L'Homme-en-sueur le soulève et l'expédie dans l'étang.

Cheffie coule à pic !

L'eau se glisse à l'intérieur du corps de Cheffie. Elle pénètre par sa gueule, par ses oreilles et par ses narines.

Cheffie en est rempli.

Il n'arrive plus à respirer.

Cheffie suffoque. Il va mourir asphyxié !

Peut-être est-il préférable de mourir au fond de l'étang plutôt que de continuer à vivre sans Emma ?

La tique est de retour. Elle se manifeste même sous l'eau.

Tu es désormais tout seul.

Ce n'est pas vrai ! L'image de Boogie surgit dans l'esprit de Cheffie. Boogie

qui nage tranquillement vers la rive. Comme il est courageux ! Un vrai teckel !

Il n'y a plus personne à tes côtés.

Et Pouf ? Il était toujours sur la berge quand Cheffie était déjà dans l'eau. Pouf ne nage jamais. Ne va-t-il pas se noyer si l'Homme-en-sueur le jette dans l'étang ?

Cheffie commence à se débattre avec rage. Il remue ses petites pattes aussi vite qu'il le peut.

Il regarde vers le haut. Il aperçoit de la lumière.

Mais va-t-il réussir à l'atteindre ? Il n'y a plus d'air dans ses poumons.

Cheffie sent quelque chose sous son ventre. Une main le soulève et le ramène vers l'air et la lumière.

La Femme-aux-chiens presse Cheffie contre elle.

Elle caresse son cou avec précaution.

– Les points de suture ne doivent pas être mouillés, dit-elle.

Cheffie éternue. Il respire en haletant et il tremble.

La Femme-aux-chiens l'a sauvé.

Elle dépose Cheffie par terre délicatement.

Il titube un peu. Puis il s'ébroue. Il se place tout près de l'Homme-en-sueur, afin de l'asperger.

Pouf vient renifler Cheffie.

– L'Homme-en-sueur ne m'a pas jeté dans l'eau, dit Pouf. La Femme-aux-chiens l'en a empêché.

Sur le chemin du retour, la Femme-aux-chiens et l'Homme-en-sueur n'échangent pas un mot.

Le poil de la Femme-aux-chiens ne se hérisse pas sur son dos. Ses oreilles ne se dressent pas. Elle ne regarde pas fixement l'Homme-en-sueur. Pourtant, Cheffie devine qu'elle est très fâchée.

Il espère que tout à l'heure elle mordra l'Homme-en-sueur !

PEUT-ON FAIRE CONFIANCE
À L'HUMAIN ?

— Comme ton écuelle est remplie ! s'exclame Pouf à l'intention de Cheffie.

— Ce sera bientôt pour toi, dit Cheffie.

Il a reçu une double portion.

Il y touche à peine. Puis il se dirige vers son panier. Il a envie de renifler l'odeur d'Emma.

La blessure dans son cou lui fait mal. Son oreille le démange. Son estomac est rempli d'eau. Et il est fatigué. Épuisé.

Cheffie doit aussi réfléchir à beaucoup de choses. A tout ce qui s'est passé ces derniers jours…

Le départ de la maison et l'arrivée ici.

La morsure de Rambo.

L'opération du vétérinaire.

L'attaque de la tique.

La baignade forcée.

Le sauvetage *in extremis*.

Comment il a été presque déchiqueté. Puis presque vidé de son sang. Et enfin presque noyé.

Que pourrait-il lui arriver de pire ?

Emma lui manque.

Le reste n'a pas d'importance.

Emma est la personne la plus gentille qu'il connaisse.

Il pose la tête sur Cotcot. Mais Cheffie ne retrouve presque plus les odeurs familières de la maison. D'autres commencent à les remplacer. Comme celle de la Femme-aux-chiens. Celle de Sheba. Mais aussi celle de Rambo.

Ici, tout est différent.

– C'est quoi un humain ? lui demandera de nouveau Boogie tout à l'heure.

Et Cheffie devra apporter une réponse. Car c'est lui le plus vieux, le plus intelligent et le plus instruit.

Un distributeur de sucreries ?

Un garde-chiourme ?

L'extrémité d'une laisse ?

Un chien rasé qui danse sur ses pattes arrière ?

Que devra-t-il répondre ?

Et peut-on faire confiance à l'humain ?

A l'Homme-en-sueur, non. Mais à la Femme-aux-chiens, oui.

Et à Emma ?

Cheffie se gratte l'oreille.

Emma ne viendra jamais te rechercher. Tu verras. Jamais. On ne peut pas lui faire confiance. Elle est pareille à l'Homme-en-sueur. Tous les humains sont ainsi. Absolument pas fiables.

Beurk ! La tique est toujours là.

EMMA !

Les oreilles de Cheffie se dressent. Quel est ce bruit ?

Son ventre se noue.

C'est le vrombissement d'un moteur.

Tout son corps frémit.

Cheffie reste assis sans bouger. Il ne faut pas que les autres se doutent de quelque chose. Il doit d'abord être sûr de lui.

Le vrombissement se rapproche. Le moteur s'arrête. Une portière claque. Puis une autre. Serait-il possible que ce soit… ?

Cheffie lève le museau. Son flair ne le trahit jamais.

Un chien. Un mâle. Deux personnes. Deux femmes. Et l'une d'elles est… Emma !

Cheffie file comme une flèche vers le portail. L'odeur est de plus en plus forte. C'est Emma ! L'air est rempli de son parfum !

Les narines de Cheffie frémissent. Il jappe, aboie et glapit en même temps. Il bondit contre le portail.

– Cheffie, dit Emma d'une voix douce. Cheffie.

Pouf et Boogie arrivent en courant. Ils sont tout excités.

Le portail s'ouvre sur Emma, sa maman et Berger.

Emma s'assied par terre et tend les bras.

Cheffie se couche contre la main de sa maîtresse. Afin qu'elle puisse bien sentir son corps.

Emma le palpe partout. En caressant son cou, elle effleure les points de suture. Puis elle gratte délicatement la blessure.

– Toi, on t'a mordu, dit Emma de sa voix douce. Pauvre Cheffie.

Entre-temps, Pouf a trouvé refuge dans les bras de la maman d'Emma.

Et Boogie danse autour de Berger en jappant :

– Essaie de m'attraper.

Cheffie appuie son museau humide contre les mains d'Emma. Elles sont si douces et sentent tellement bon.

Les doigts de la fillette glissent sur le cou de

Cheffie puis remontent vers sa tête.

Emma saisit ses oreilles entre le pouce et l'index et les frotte doucement.

Cheffie aime ça. Car Emma caresse l'extérieur et l'intérieur de chaque oreille en même temps.

Soudain, la fillette interrompt ses caresses.

Son index glisse à l'intérieur de l'oreille droite de Cheffie et s'arrête à l'entrée du pavillon auriculaire.

– Une tique, marmonne Emma. Une vilaine grosse tique. Elle est gorgée de sang.

Cheffie commence à haleter. Il se tourne sur le côté gauche. Il pose sa tête sur les jambes d'Emma.

La fillette réussira-t-elle à enlever la tique ? Avec la tête et tout le reste ?

Emma ne peut pas voir la bestiole. Elle devra la retirer en se fiant à son toucher.

Elle va te faire mal ! Secoue la tête ! Je te dis qu'elle va te faire mal !

Mais Cheffie ne bouge pas. C'est très important de ne pas remuer.

Emma saisit la tête de la tique avec ses ongles.

Un des poils de Cheffie est resté coincé. Le teckel ne bronche toujours pas.

Emma fait tourner la tique plusieurs fois dans le sens inverse des aiguilles d'une montre. Le poil tourne aussi.

Puis elle donne un petit coup sec. Ça fait comme une piqûre. La tique et le poil lâchent prise.

La Femme-aux-chiens écrase la tique sous sa chaussure. Le sang gicle sur les dalles du jardin. C'est le sang de Cheffie.

Celui-ci se sent aussitôt plus léger.

La pression dans sa tête a disparu. Il remue plus facilement son cou. Et… il a même retrouvé l'appétit.

– Tous dans la voiture ! s'exclame Cheffie en s'adressant à Pouf et à Boogie. Dépêchez-vous !

Les trois teckels foncent à travers le portail entrouvert vers la voiture.

– Ne vous retournez pas, espèces d'idiots. Courez ! aboie Cheffie.

Quelques instants plus tard, Cheffie, Pouf et Boogie se retrouvent en train de glapir devant l'auto. On dirait des petits loups.

Ils rentrent à la maison.

En compagnie d'Emma et de sa maman.

De Berger et de Cotcot.

À LA MAISON

Les teckels sont couchés sur une montagne de linge.

– On est parti sans dire au revoir à personne, dit Boogie. C'est dommage.

– Les teckels ne disent pas au revoir, grogne Cheffie. Ils s'en vont, un point c'est tout.

– Je ne regrette personne, dit Pouf en bâillant. Et certainement pas le caniche rasé.

– C'est pourtant dommage, dit Boogie. Je m'étais fait un ami : Jack. Il est intelligent. Il m'a donné de bons conseils.

– Comme quoi ? demande Cheffie.

– Que je dois d'abord rouler une peluche dans mon caca et puis seulement la rapporter à l'intérieur.

– Pas mal.

– Ou que je dois faire pipi là où l'humain va s'asseoir. Sur une souche d'arbre, par exemple.

— Très bien, dit Cheffie, qui a retrouvé son assurance. Mais pour le moment contente-toi de renifler le linge sale ! Nous sommes de retour à la maison.

Que ces odeurs sont délicieuses ! Un zeste de parfums d'Emma, une pincée d'arômes de sa maman, et une pointe de senteurs de Berger.

Pouf s'enroule dans un drap de bain.

Boogie mordille une chaussette. Et Cheffie renifle un mouchoir.

— Et maintenant, tu le sais ? demande Boogie. Tu sais ce que c'est un humain ?

Les oreilles de Cheffie se dressent.

— Est-ce un garde-chiourme ? continue Boogie. L'extrémité d'une laisse ? Un chien rasé qui danse sur ses pattes arrière ?

— Ou, mieux encore, un distributeur de sucreries ? s'écrie Pouf.

— Eh bien, ce n'est pas aussi simple, dit Cheffie. Certaines fois, l'humain est un garde-chiourme. D'autres fois, c'est un distributeur de sucreries.

Pouf et Boogie regardent Cheffie d'un air surpris.

— Un humain peut être beaucoup de choses différentes en même temps, poursuit Cheffie. Regardez la Femme-aux-chiens. Le soir, elle est l'extrémité d'une laisse. Et, le matin, un chien rasé qui danse sur ses pattes arrière.

— Ah ! fait Boogie en reniflant l'odeur du T-shirt de sa maîtresse. Et Emma ? Est-elle aussi plusieurs choses ? L'extrémité d'une laisse et un garde-chiourme ?

Cheffie cligne des yeux.

— Non, dit-il doucement. Emma n'est pas un garde-chiourme.

Cheffie se tait pendant un moment. Puis il soupire et ajoute :

— Emma est un être à l'odeur délicieuse et à la voix douce. Elle me nourrit. Elle me caresse. Et je peux toujours lui faire confiance.

Pouf penche la tête sur le côté.

— L'humain est un distributeur de sucreries qui travaille tout le temps, dit-il.

— Ça, c'est vrai, dit Cheffie.

Boogie pouffe.

Cheffie enfouit son museau dans le linge.

— Venez, partons à la recherche de culottes, dit-il.

Il fouille parmi les T-shirts, les chemisettes et les chaussettes.

– Celui qui en trouve le plus a gagné ! s'exclame Boogie.

Et il roule comme un chien fou au milieu des habits.

– Moi, je préfère piquer un somme, bâille Pouf. A propos, Cheffie, tu as oublié de dire quelque chose. Emma est aussi une attrapeuse de tiques. Elle les enlève et les écrase.

Cheffie regarde Pouf d'un air surpris. Ce teckel l'étonne.

– Maintenant je voudrais enfin dormir, soupire Pouf.

Il creuse le drap de bain avec ses pattes avant pour se faire un nid.

Boogie bâille à son tour.

– Moi aussi je suis fatigué, gémit-il.

– C'est chez soi qu'on dort le mieux, dit Cheffie, heureux, en se grattant l'oreille droite.

Un jour viendra où tu devras de nouveau partir.

Quoi ? Qu'est-ce que c'est ? Cheffie secoue la tête. Y aurait-il encore une bestiole dans son oreille ? Ce n'est pas possible. Emma l'a frictionné avec un produit anti-tiques.

Un jour viendra où tu devras de nouveau partir. Loin d'Emma.

Les pupilles de Cheffie se dilatent. Ces paroles ne peuvent pas être le poison qu'une tique déverse dans mon oreille, se dit Cheffie. Ce sont mes propres pensées ! Mais alors… c'étaient déjà elles que j'entendais auparavant ?

Cheffie est pris de panique. Le ronflement de Pouf le calme un peu.

Boogie bâille. Il se frotte contre le dos de Pouf. Cheffie regarde les deux teckels endormis.

C'est moi le plus vieux, le plus intelligent et le plus instruit, songe-t-il. C'est aussi moi… le plus peureux.

Cheffie se faufile entre Pouf et Boogie. Il sent leur chaleur. Il renifle leur odeur familière.

Un jour, tu devras partir. Partir pour toujours.

Bah ! on verra, se dit Cheffie. Pour l'instant, je suis ici. Et je compte bien y rester encore un peu.

– Poussez-vous, les mauviettes !

TITRE ORIGINAL : *CHEFFIE BIJT DOOR*
COPYRIGHT TEXT © 2006 BY KAAT VRANCKEN
COPYRIGHT ILLUSTRATIONS © 2006 BY MARTIJN VAN DER LINDEN
AMSTERDAM, EM. QUERIDO'S UITGEVERIJ B.V., 2000

POUR LA PRÉSENTE ÉDITION EN FRANÇAIS :
© ÉDITIONS LA JOIE DE LIRE S. A.
TOUS DROITS RÉSERVÉS POUR TOUS PAYS
5 CHEMIN NEUF - CH-1207 GENÈVE
ISBN : 978-2-88908-029-8
DÉPÔT LÉGAL : AVRIL 2010
IMPRIMÉ EN ALLEMAGNE